U0164767

序言

　　《民國神探》是根據我的長篇小說《曇花夢》改編的青少年兒童偵探叢書。《曇花夢》題材來自我父親陳可友的經歷。抗日時期，我父親投筆從戎，考入中美警官學校。畢業後被派往南京首都員警廳任刑事科科長，專責盜竊案、桃色命案等。他親手破獲二十多個巨案、奇案，包括美國特使馬歇爾汽車被竊案，而名噪大江南北，位列民國時代十大探長之首，被稱為"中國福爾摩斯"。小說主人公程慈航就是以我父親為原型。父親愛講故事，一個個案件，我都反覆聽過，印象極深。這些情節都是《曇花夢》小說的雛型，也是《民國神探》與眾不同的獨家素材。

陳娟

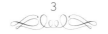

目錄

第一章 連環盜竊案

"號外！號外！連環大盜出江湖！妙手神偷現公館！……"號外！號外！連環大盜出江湖！妙手神偷現公館！……號外！號外！……"

"號外！號外！連環大盜出江湖！妙手神偷現公館！……"號外！號外！連環大盜出江湖！妙手神偷現公館！……號外！號外！……"

四區警察局刑偵科科長的辦公室，設在警局二樓正南方。房間寬敞明亮，素色印花的灰色地毯，配上全套黑牛皮沙發。近牆靠北安放一張特大的楠木辦公桌，桌面光滑如鏡，放著一些公文檔案，左上角是一架枱式電話機。辦公室四周牆壁粉刷得雪白，壁上掛著一張南京市地圖，上面粘滿大大小小各種備忘錄，有些潔淨如

新，有些則已褪色。室內靜悄悄，只有一人坐在辦公椅上，頭枕靠背，好像在閉目養神。他的腦海裏正快速思索着，分析着這幾天連續發生的幾起公館失竊案。如果不是辦公桌上放着一塊銀質名牌座，上面刻着一手俊雅的行書——程慈航科長。誰也想像不出，這個面如冠玉，鼻子高挺，看上去溫文爾雅、書卷氣十足的年輕男人，竟然是個警察局的科長。

"號外！號外！連環大盜出江湖！妙手神偷現公館！……號外！號外！連環大盜出江湖！妙手神偷現公館！……號外！號外！……"窗外時不時傳來報童沿街賣報的聲音，讓這英俊男人的眉頭更加深鎖了。

也就是這兩天發生的案件。在四區警察局所管轄的公館區裏，兩天之內連續發

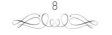

生了三起竊案，案發的時間都在白天。失主的來頭不小，一家是次長，另兩家是司長。對此，四區警察局局長蔣寧當然不敢馬虎，派出程慈航科長親自到現場踏勘。

三家公館被竊的情況大致相同，都在主人用膳時被竊。張公館昨晚發覺，可能案發於昨天中午；黃公館今天上午發現被竊報警，估計失竊於昨天晚餐時間；吳公館是今天剛吃過中飯就發覺，失竊於今天中午。

據程慈航瞭解，公館區雖是禁區，但大多公館並不配備警衛人員，保安方面更是漏洞百出。除院長、部長等高級公務員之外，各家公館中的工作人員大多是主人從家鄉帶來的傭人。用膳時段，所有的傭人都集中在一樓餐廳服侍主人。因此樓上的房間通常空無一人，而負責守門的傳達室人員此時也樂得偷閒，悄悄地離開崗位去幹自己的私事。主人們以為傳達室有人把關，底層又有許多傭人來來往往，外人絕對無法悄悄走到樓上去，便任由臥室大門敞開。

就案發現場情況分析，公館的生活規律顯然已被竊犯掌握得一清二楚。竊犯進入臥室後，首先把鏡櫥門打開。臥室的鏡櫥內掛着主人出門常穿的男女大衣，其中時興的狐皮或海虎絨的女大衣，配有手套。那手套長長的，女主人大多把抽屜鎖匙藏在其中當皮包用。竊犯便從手套中拿到鑰匙。只要挑選那把最光滑的，即最常用的鎖匙，再按鑰匙頭形狀對鎖眼，就能輕而易舉地打開抽屜。重要的抽屜，一般都在鏡枱桌、床頭櫃、寫字枱裏面。太太、小姐們出門做客所用的金銀珠寶、鑽石、首飾，以及現鈔等等都存放其中。打開抽屜，竊犯便可以將其內所有財物一掃而光，然後大模大樣地揚長而去。即使被守門人員看到了，也被其高貴的派頭和那昂首闊步、目不旁視的傲慢態度所懾服。況且原先未見其進去，本是已失職。見人出來，才上前查問，既無禮又得罪人。何必自惹麻煩呢？即使見到，也只能滿臉堆笑，恭維般目迎目送，任其遠去。

時間安排得這樣緊湊，盜竊的情況又如此雷同，三家公館被竊，到底是同一人幹的，還是不同的竊犯呢？這個竊犯非常熟悉太太、小姐的做派。極有可能是個女的。程慈航思索着。這樣一天三報警，是自接任以來沒有發生過的。如果是同一人，這個竊犯也太不把警察放在眼裏，未免太猖狂了。

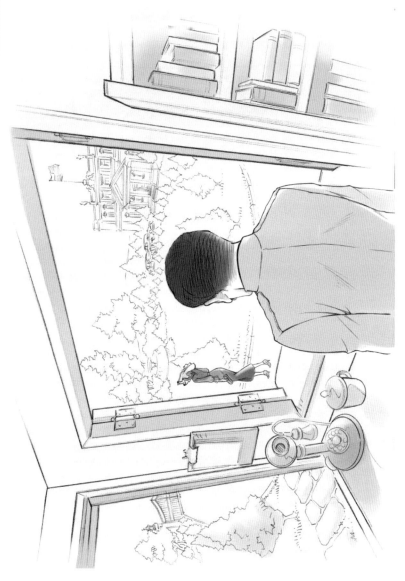

第二章 吳公館

程慈航最後踏勘的是吳公館。主人是外交部的吳漢卿司長。公館位於寧夏路二十五號。這條柏油路兩旁，洋梧桐蔭覆着整條路面，樹影扶疏、風吹蟬鳴，是鬧中取靜的高級住宅區。這一帶方圓五六里，每條道路都像寧夏路一樣恬靜清幽。這裏就是著名的首都公館區，也是全國一等富貴居住的豪華之地。

吳公館，鐵柵大門，四周水磨矮牆，圍牆內是一座華美的三層洋樓。樓房與圍牆之間是個大花園，花園中有許多參天大樹和奇花異草，周圍碧草如茵。大門旁邊是傳達室、汽車房。從大門至樓房是汽車通道。兩旁種滿了修剪整齊的常青灌木。樓房的底層，有會客廳、跳舞廳、辦公室、餐廳、浴室。二樓是臥室、書房和內客廳，外有陽台，陳設精緻富麗。三樓為貯藏室，貯存了各種日常生活補給品及名貴的珍藏品。

　　案發現場在二樓的臥室。只見臥室寬敞，碧綠色的地毯，玫瑰色的窗簾，米黃色的沙發床、沙發椅。非洲名貴木材製做的桃花心木傢具，顏色澄黃鮮艷。梳妝枱上羅列着各式化妝品，盡是巴黎、紐約各地的舶來品。床前放着一張流綫型的高低小幾，上層安着枱式電話機，下層擺放着美國製造的二十一燈流綫型收音機。壁上懸掛一幅半裸體美人的西洋油畫，神態優美，栩栩如生。

　　勘查過現場，程慈航便在會客廳裏對所有館內傭人進行個別查問。最後進來的是一位五十多歲的女傭人楊媽，她腦後挽一個大髻，身穿月白鑲邊連襟衣裳，下穿嗶嘰青褲子，曾經纏過的足上穿一雙黑色便鞋。只見她眼神閃爍，極力回避着程慈航的目光，故作鎮靜的樣子引起了程慈航的注視。

"楊媽，你見過陌生人上樓嗎？"

"沒有！"楊媽連忙搖頭。

"真的沒有？"她的衣裳微微顫抖。那是肌肉抽搐的表現，證明她極度緊張。她肯定隱瞞了什麼，程慈航看了楊媽一眼。

"沒有！真的沒有。"楊媽不斷搖着頭。她感到滿臉熱烘烘的，早已六神無主。她知道這警官一直盯着她，但她不敢抬頭。

"楊媽，你知道嗎？前些日子警局抓到一個瞞騙警官、包庇犯人的傢夥。你知道他的結局嗎？"程慈航看着滿臉通紅的楊媽，微微一笑。

楊媽的心怦怦亂跳。她早聽人說，這些警官審案如神，自己這樣的老實人，豈能瞞天過海。要是進了局子，肯定是一頓打，自己一把老骨頭怎麼能扛得住？想到這，心一慌便撲通一聲，筆直跪了下去：「警官，請原諒我撒謊！」

程慈航扶起她，讓她坐在椅子上。楊媽這才壯起膽子說：「今天中午十二點左右，主人一家在餐廳吃飯。當時，我上二樓太太房間拿臉盆，推開房門時，發現一位小姐正坐在太太的床頭，交疊着兩腿，挨在床背上打電話。見我進來，還向我笑笑。她二十歲左右，穿着一件墨綠色的絲絨旗袍，長得跟天仙一樣，我活了這一大把年紀，還是頭一次見到這麼美麗的姑娘。只聽她在電話裏說：「我來得太早了，吳太太還在吃飯呢！她約我下午一起到新都戲院看《出水芙蓉》。對了，要記得告訴次長，晚上六點，我會在鳳凰餐廳等他，叫他坐我的小包車來。"她邊打電話，還邊招手讓我過去，讓我替她倒杯水，還塞了個銀元給我。她真是一個慷慨的小姐。即便是我太太，出手也沒有這麼大方。她的態度是那樣平和，神情那麼自然，裝束比起我家太太還摩登，舉止又十分高貴。我怎麼能猜到她是小偷？當時我以為她是太太的朋友，根本沒有生疑。我看她聚精會神在打電話，不敢打斷她，拿了臉盆就下樓了。現在司長和太太心情很不好，假使知道了這件事情，他們肯定馬上就要攆我走。"說到這裡，楊媽兩眼通紅，突然拉住程慈航的手，筆直跪了下去："我求求你，警官大人，行行好，千萬別把這件事告訴司長，我們一家就靠我這一點點的人工生活，我求求你幫幫我！幫幫我！"她哭喪着臉，顫抖着身體，不停地懇求着。

程慈航知道她講的是實話，便安慰道：
"楊媽，你先下去吧！請放心，我會為你保
密。"楊媽紅着眼睛，連聲道謝，退下了。

"程科長！"一聲嬌滴滴的叫聲，打斷
了靠在會客廳花梨木大桌子邊，撐着眉頭，
苦苦思索案件的程慈航。只見吳太太從門口
輕盈盈地走來，笑着說："程科長，辛苦你
了，請到樓上飲杯茶，休息一下吧！"這位
官太太不過三十歲出頭，肌膚豐潤，雍容華
貴。她那圓圓的臉上洋溢着熱情的笑容。程
慈航禮節性地寒暄了兩句之後，便跟着吳太
太登上了二樓。

二樓內客廳，迎候在那裏的吳漢卿司長
緊緊地握着程慈航的手："久聞大名！"吳
司長四十多歲，人長得魁梧，威而不露，相
貌堂堂，很有外交家的派頭。在程慈航坐下

後，吳司長也隔着茶几相對坐下。茶几上擺滿了精美的西式糕點。吳太太親自端茶送到程慈航面前，一面勸吃，一面親熱地挨着吳司長坐下。從他們神情中，程慈航看出了他們的焦灼和不安。三家公館失竊，吳公館損失最大。坐定以後他便先給他們一粒“定心丸”，表示會盡速破案，追回贓物。

　　吳太太聽後放心了不少，喜滋滋地說：“你呀，真了不起！我一接到下人遞過來的名片，看到程慈航三個字，我就知道這是我們不幸中的萬幸。你的大名，我們在報紙上經常見到。我最喜歡看那些離奇曲折的破案情節，我對你的聰明才智十分欽佩！現在科座出馬，我的寶貝肯定都能找回來啦！”說着，她轉向吳司長嬌媚地笑問，“漢卿，你說對嗎？”

"對對對，不幸中的萬幸！萬幸！"吳司長微笑着附和。

吳司長夫婦的信任與鼓勵，使程慈航心中既興奮又不安。他微微欠身說："司長、太太實在太過獎了，我一定盡快破案，讓失物完璧歸趙，以報兩位知遇之恩。"司長夫婦聽了十分開心。吳司長有心瞭解程慈航的底細，開口問道："老弟，你年輕有為，堪稱後起之秀！未知老弟這門學問究竟是從哪裏學來的呢？"

程慈航頓了頓："說來慚愧，我也不是一帆風順的。我曾在警官學校學了幾年，學會了各種刑事技術，自以為是一個了不起的刑事人材。畢業後，被派到南京刑警總隊實習。經過實踐，才曉得實際工作和學校學的那一套還是不同，尤其對形形色色的盜竊案更感到束手無策。總隊原來有一些偵緝人員，憑着幾十年的破案經驗，各有各的看家本領。但彼此之間又心存戒心，拉幫結派，不肯交流太多的辦案方法。後來，我和他們長期在一起辦案，真誠相處，他們便開始教我認識盜竊學，甚至把破案的秘訣也竭誠相告。接觸的人一多，集各家大成，也就增長了不少的學識。"程慈航一邊說，一邊心中暗想：當然不能全盤托出，更何況自己的身世很多地方連自己也記不清了。他的身世之謎，一直困惑着他，現在這段話，他早已背的滾瓜爛熟，對誰都是同一個說辭。

"年輕人能這樣謙虛、誠懇、勤學苦鑽，我相信一切事業都會成功的。"接着，吳司長又饒有興趣地發問："這麼看來，盜竊還是一門大學問囉？"

程慈航說：“是的，這門學問的確很複雜，很奧妙，但是它不能登大雅之堂，所以歷史上還沒有盜竊學的專著。我舉一個很簡單的例子，單從盜竊學分類來說，就很有研究價值。目前盜竊可以分為三種：有黑線、白線和錦線。黑綫注重於夜間行竊，如‘拔門子’、‘開寶子’、‘上天窗’、‘滾地龍’、‘釣魚’、‘燈花’、‘插香’之流；白綫注重於白日行竊，如‘闖門子’、‘跑枱子’、‘露水’、‘扒竊’之流；錦綫在三綫中算是最高者，既能掌握白綫的各種技術，又能不拘形式，出入於上流社會交際場中，見機行事，巧取豪奪，不留痕跡。”

吳太太聽得津津有味，甩着帕子驚歎：“哎呀！嚇死了……嚇死了……真是聞所未聞的事情。想不到盜竊的方法林林總總，還有這麼多的花樣經，嚇死人啦！”

　　程慈航接着說：“各種盜竊還有各自的幫派及其不同的特性。研究了這些，就能掌握偵破方向，以便對付各種罪行。比如說，‘開竇子’這一行，看他挖洞的形式，我們就曉得是哪一幫幹的。洞的形狀像蝴蝶，像蝙蝠，這都是本京的黑線幹的，叫做‘本京竇子’。洞的形狀像倒置三角形，上大下小，這是漢口、九江一帶的黑線幹的，叫做‘上江竇子’。洞口挖得相當大，俯着身子可以進去，這種技術最蹩腳，花時多，危險性最大，叫做‘江北竇子’，是蘇北、山東一帶的黑綫幹的。洞的形狀小巧玲瓏，僅能進一人，這是上海、蘇州、無錫那一帶的黑線幹的，叫做‘下江竇子’。這種挖洞的技術最高，速度也快，危險性較小。這些都是偵緝人員長期經驗的積累，書本上找不到的。”

"我上過大學，也曾到外國留學，都沒有聽過這些。聽君一席語，勝讀十年書，難得難得，真的使我大開眼界呀！"吳司長欽佩地說。

"司長過獎，晚輩實不敢當。

"程科長，你可是鼎鼎大名，年輕有為的神探。神探程慈航在這個南京城誰不曉得？居然還敢太歲頭上動土，這種賊骨頭，抓起來要槍斃伊。"吳太太一邊說，一邊看一眼茶几上的糕點："茶都冷了！點心也不吃一口。來！"她用洋叉插了一塊椰子夾心雞蛋糕，殷勤地遞到程慈航手上。

第三章　妙手神偷

"號外！號外！連環大盜出江湖！妙手神偷現公館！……"程慈航一邊回想着三家公館主人對他的信賴，一邊想，既在他們面前開了保票，大丈夫絕不能言過其實。責任加人情，榮譽和面子。而此時，報童沿街叫賣聲傳入耳際，讓他不免增添了幾分心煩。

穿上米黃色雙排扣的Burberry風衣，腳蹬黑色綁帶羊皮短靴。程慈航快步走出警廳。秋天的金陵城燦爛一片，到處都是金黃的銀杏樹。秋風蕭瑟，落葉飛舞，像一隻隻蝴蝶在空中旋轉。程慈航打開停靠在路邊的吉普車車門，一邊開車一邊回想現場的情況，楊媽的披露和他對案情的推理交糅，腦海裏映出了一幕驚險的場面：

一位摩登女郎，側身閃進吳家的臥

房，推開虛掩的房門，緊張、快速地打開鏡櫥門，從大衣手套拿出鎖匙，打開抽屜，抓起金項鏈、手錶、珠寶、鑽石以及大疊鈔票，塞進自己的手提包裏。這時，樓梯上傳來"咚咚咚"的腳步聲，她已是甕中之鱉，進無路可走，退無處可藏。只見她急中生智，抓起床前的電話筒，挨在床邊，朝着話筒說了一些威壓楊媽的謊話。她抬頭揚手讓楊媽拿水給她，並給了楊媽一個銀元。待楊媽下樓，她便披上吳太太的大衣接踵下樓，徑往大門口。正好守門人不在，她安全脫險。只見她回眸一笑，揚長而去……

"嘀嘀……嘀嘀……！"汽車的喇叭聲打斷了程慈航的沉思，當吉普車讓過汽車，避過行人後，他又沉浸在對案情的思索中。這女子如此大膽、沉着、機智，

能把陷入絕境、極端劣勢的局面，轉危爲安，足以證明她是經驗老道的慣犯。四區兩日發生三件竊案，作案手法相同，犯案時間也集中在用餐時間，看來都是她一手幹的。黑道有言：闖不過三，多次以同一手法作案無疑於自投羅網。南京城是一國之都。這裏不知出了多少飛簷走壁、武功高深的賊人，但他們最終統統栽在了京城警探的手裏。正是因爲他們的習慣被警探摸透了，最終被一網打盡。此賊經驗老道，自然知曉這個道理。那她又爲何敢一連兩天竊取公館？難道是自視藝高膽壯？不通，她做事細密，自然不會特意落下把柄。除非……除非……除非她根本不打算再次犯案！想到這裏，一切彷彿都通順了。此賊冒着這麼大的風險，是她根本不打算在南京久留，她勢必會在最近幾天離開這裏。不行，必須速戰速決。

　　她究竟在哪裏？南京城如此之大，想要在短時間內找到犯人如同大海撈針。她既然是孤身一人，那她是如何離開公館區的？要知道公館區內環境幽美恬靜，平時行人極少，獨身一人披着大衣在街上閒逛自然是異常顯眼，更何況她手上又有那麼多的贓物。作為一個竊犯，斷斷不可能如此冒險。那她剩下的選擇只有三輪車了。只要從三輪車出發，找到本管區所有交通路口各站的三輪車小組負責人，查找一個從公館區出發又年輕貌美的女人。另外幹她這行，不需要本錢的生意人，得手之後，心情自然特別高興，以她給楊媽的賞金來推算，她的出手必多於常人。對！順着這條綫就能抓住這個女賊的尾巴！

　　吉普車在馬路上奔馳，路上的梧桐樹刷刷刷地向後移動。出了公館區，吉普車駛向中央大學校區。一片片金黃色的銀杏葉飄了下來。搖開車窗，程慈航深深吸了一口秋日裏清爽的空氣。這麼多年來程慈航已經習慣在開車的時候思考案件，雖然這樣的習慣讓他出了車禍，使得他忘記了從前。但是，開車思考案件的事情，似乎已經成爲依賴，改也改不掉了。他有點沮喪，自己前半生的經歷記不起來了，就像一個空白的人來到世界。我是誰？這個問題比任何案件都困擾自己。深深吸了一口氣之後，程慈航將吉普車掉頭，直接開回四區警察局。

第四章 神探的妙算

一下車，程慈航三兩步走回辦公室，命令警官們馬上向各站三輪車夫查問，並以電話匯報。"叮鈴鈴！叮鈴鈴！"約過半個小時，電話鈴響了。電話那頭傳來："確有這樣一個女郎，僱三輪車到珠江路，剛到路口就下車，下車後，直向珠江路走去，但不知轉進哪裏。"

程慈航放下話筒，倏地站起身來，走近牆壁，聚精會神地看着牆壁上懸掛的南京全市營業分佈地圖。這些大大小小的地圖，將南京城大小街道、樓宇商鋪，事無巨細地標示得清清楚楚。靠近珠江路路口不遠的地方，確實有一家飯店，按地圖標誌顯示，這家珠江飯店乃是高級旅館。除此之外，珠江路路口不見有其他高級旅館。確實，此賊出手闊綽，從給楊媽的打賞就可見一斑。她如此做派，自然不會入

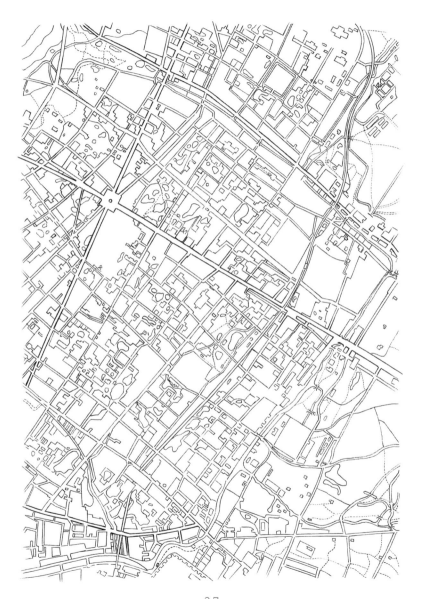

住不入流的飯店。竊賊可能就藏身於珠江飯店之中！他急步走到桌前，按了一下桌鈴。早已整裝待發的嚴中虎警官隨即出現在門口。

"走！"程慈航手一揮，兩人快步走出。吉普車徑向珠江路珠江飯店開去。

到了飯店，胡經理見黑白雙煞來勢洶洶。嚴警官亮出身份後，胡經理更加不敢有絲毫馬虎，端着笑臉，雙手捧上旅客住宿登記簿。

程慈航翻着簿子，兩道目光閃電般地從房客名單上掠過。忽然，他的目光停住了。這位房客名叫李麗蘭，住在一三五號房間，性別女，年齡二十一，揚州人，來京探親，於本日下午二時離開。程慈航找遍整本旅客住宿登記簿，只有這個女客和他推測的情況相符。"把負責該段的茶房召來。"他回過頭，吩咐站在一邊唯唯諾諾的胡經理。

該段茶房共計四個，分為上下兩班，現在輪值的一個姓劉，一個姓羅，年齡都在三十開外，態度都很誠懇老實。根據兩人所指，一二五號女客的外貌身形與吳公館楊媽說的一模一樣，美麗高貴。"她對待我們出手很闊綽，常有打賞。""她衣飾華貴，全是絲綢毛呢，出一次門換一套衣服，光是各式大衣就有好幾件。""她在這裏前後共住了五天。""她的身材，嘖嘖嘖……"倆人七嘴八舌地說着。

"她今天最後一次回來，是在什麼時候？"程慈航問。

姓劉的回答：「下午一點半。回來時她神色很緊張，告訴我們，她媽媽在揚州家鄉病得很嚴重，她要馬上趕回去。不久，汽車來了，我們就幫她把行李搬到車上，以後車子就開走了。」

「她的行李有多少？車子是什麼樣的？」程慈航迫問道。

「一共有四個真皮提箱，是出租公司的黑色小包車。」又是姓劉的回答。

「這輛車子是你們叫的，還是她自己僱的？」程慈航接着問。

「是她自己打電話到車行僱的。」

「你記得車子的號碼嗎？」

"沒注意。"

"車子往哪個方向開？"

"往南開！"姓羅的回答。

"你為什麼這樣肯定？你親眼看見的嗎？"

"說句心裏話，她在我們這裏住了幾天，人漂亮，出手又那麼闊綽，留給我們的印象太深了。她要走了，我們真捨不得。我們送她上了車後，一直等到車子開到珠江路路口往南開去，看不見爲止才回來。"姓羅的接着關心地問道："怎麼？她出事了？"

"不必要知道的事情，你就不必多

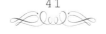

問！”胡經理先瞪了姓羅的一眼，接着轉向程慈航點頭哈腰，指着茶房，小心地問道：“他們可以走了嗎？”

“可以！”

倆茶房有點後悔自己說得太多了，心裏打着疙瘩，悵悵然走開。

離開珠江飯店，已經是下午三點三十分了。嚴中虎警官手握方向盤，掃一眼窗外急速後退的街道，擔憂地問：“女賊會不會已經離開了南京？”

“估計目前還沒有，雖然我們在珠江飯店撲了個空，但多少查出一些眉目來。據茶房說，車子往南開，這是一個大關鍵。假使車子向北開，她一定出挹江門到下關，那裏是水陸交通樞紐，很可能她已離開了南京。現在她的車子向南開，看來她目前離開南京的成分還不大，也許因爲在吳公館亮了相，迫使她不得不移'窩'。"陳慈航稍稍停頓，接着說："如果我們以珠江飯店爲起步點，向南以每小時車速30公里計算。就基本可以推算出'新窩'在哪個活動範圍內。當然中間可能會有折返，但不會離開這個區域。"

嚴警官看着窗外，"嗯"了一聲。說話間，車子已開到四區警察局門口。

第五章　發現兔子了

　　程慈航匆匆忙忙地下了車，急步走到辦公室。他立即叫勤務員周淩召集各組過來分配任務。就在這個時候，楊玉瓊警官走進來遞給程慈航幾張用打字機打的單子："全市一共有十六家大小不同的車行，這是車行的名單，已按地區分好，詳細地址都寫上了。"

　　程慈航點了點頭，表示滿意。這個只有二十一歲的女辦事員，目前是他的得力助手。她每做一件事情都做得迅速及時，剛好配合他刻不容緩的行動。目前他最需要的就是這份材料，所以他在珠江飯店的時候就打電話給她，叫她馬上從特種營業檔案裏找出了這份全市車行名單。

　　片刻間，兩組都集中在程慈航辦公室。程慈航簡單介紹一下情況，把車行名單分發給他們，要求徹底查清是哪一家的車子，曾於今天下午兩點左右到過珠江飯店爲這樣一個女客載運行李，這個女客的落腳點又在什麼地方？所得情況，以最快的速度用電話與他聯絡。各組明確目標後，立即分頭行動。

不到半個鐘頭，電話鈴響了，話筒裏傳來正是嚴中虎的聲音："報告科長，那輛汽車已經找到，是大通車行的第五號車。司機所說的女客，與珠江飯店茶房所描述的一模一樣。根據司機所說在車子到了中華門，女客要求折轉向北，在中山西路通泰車行門口停車。女客說要在人行道稍等片刻，中央楊委員公館馬上會派車來接。司機幫她把行李提放人行道後，車子就開走了。司機回憶指行李一共四個大提箱。現在該如何着手，請示下一步行動！"

"幹得好！這是一條重要的線索！"接着說："什麼中央公館會派車接她，純粹一派鬼話，這是金蟬脫殼之計，不要上當。高組長，你馬上開車到通泰車行，繼續追查。"

不久，鈴聲又響起。程慈航抓起話筒，只聽見對方興奮地說："報告科長，疑犯已經找到了，她住在秦淮河旁，夫子廟邊，秦淮飯店二樓四十四號特等房間！"

這是一帖興奮劑，程慈航感到眼前發亮，激動地提高嗓門："嚴中虎，幹得漂亮！想不到你的行動這樣迅速："接着又問道，"這是通泰車行提供的綫索嗎？"對方怔了怔。

"我剛想到，你已做到了，真行！"

程慈航大聲叫好，嚴中虎是程科長部下一員幹將，他精力充沛，勇敢、機靈，遇事能臨機應變，由他執行任務，程慈航很放心。

聽到上級的表揚，嚴中虎的情緒格外高漲，他興奮地說："科座，你估計對了，這綫索確實通泰車行第七號車的司機提供的。此外，還有一個重要疑點，當車子經過大來旅社門口時，那個女客曾叫司機停車等一等，她提着一隻皮箱到大來旅社裏面。約過二十分鐘，她出來時，雙手卻是空的。"

"雙手是空的？"對這個節外生枝的情況，程慈航非常重視，立即對嚴中虎下達任務："千萬要盯緊她，絕對不能暴露任何目標。她外出時，必須有兩組人員盯住，必要的時候，再加上一個機動哨。總

之，千萬不要被她逃脫。第二組會在十分鐘內到場，歸你統一指揮。注意隨時跟我取得聯繫。聯絡站可以設在隔壁太平洋餐廳，並臨時徵用他們一台電話機，派人隨時準備。在沒有接到我的通知之前，人員不能撤下！"

　　放下話筒，程慈航背靠自動椅又陷入了沉思：這個女賊為什麼在大來旅社突然下車？為什麼又把提箱拿到大來旅社去？他的腦海裏一直浮沉着那只大提箱。對，贓物就在提箱裏，假使這隻箱子能夠追到手，那就有辦法制服這個女賊了。但是，大來旅社究竟在哪一條街上？嚴中虎電話中沒有交代，現在第一步先要瞭解大來旅社的地址。程慈航按下桌鈴。

第六章 識破障眼法

走廊上傳來了"咯噔、咯噔"清脆的皮鞋聲。一個矯健的倩影，翩若驚鴻，出現在程慈航面前。那摩登的闊領細腰米黃色細呢短氅，配着墨綠色帶有條紋的嗶嘰褲，半高跟皮鞋，更顯得她嬌俏健美。俊秀而紅潤的臉上閃着少女的光彩。她燙着波浪捲髮，長睫毛底下藏着一雙水汪汪的眼睛。"科座，有何指示？"楊玉瓊筆直地站着，笑容可掬。

"玉瓊，立即找出大來旅社的地址。"程慈航一邊吩咐，一邊把嚴中虎報告的情況告訴了她。

楊玉瓊馬上從特種檔案櫥，抽出全市旅館情況分類表，看了一下，道："大來旅社在建康路二二六號，是一個三等的旅館。"

"三等？不可能！三等，不可能！"程

慈航皺緊眉頭，一幕幕場景在他腦海浮現：塞給楊媽的銀元……重金打賞茶房……此賊平日出手闊綽，對外人已是如此大方，何況自己的住宿？三等旅館魚龍混雜、烏煙瘴氣，住在這些地方並不安全，也並不符合她的做派和出手，加上她剛竊取大批財物，這時候必然是歡喜若狂，住的自然是奢華的上等旅館。那她為什麼要到三等的旅館？她想隱藏什麼？片刻，他睜開眼對楊玉瓊說：「玉瓊，你從本市街巷分戶表裏找出建康路地區的卡片來。」

「程科長，建康路的卡片已經找出來了！」

「查看大來旅社左邊五家是什麼，右邊五家是什麼？」

楊玉瓊邊翻邊報："左邊五家是米店、點心店、酒店、百貨公司和信託部。右邊五家是照相館、理髮廳、銀行、餐廳和西裝店。"

"右邊第三家是什麼銀行？"程慈航追問道。

"金城銀行。"

這時，楊玉瓊關上檔案櫥，轉個身，兩手插在短氅的口袋上，興奮地喊道："我知道了！我知道了！科座我知道犯人在想什麼了！"

"哦？說說看。你懂得裏面的關鍵嗎？"程慈航頓了頓。楊玉瓊為人聰明伶俐，自從前年入職以來，為程慈航分擔了不少工作。對於這種勤奮好學的下屬，程慈航自然是有意細心教導。

　　"科座，那我就在班門弄斧了。我只曉得犯人的興趣不在大來旅社，是嗎？換旅舍可能只是一個障眼法。犯人的同黨可能就藏在旅舍之中，犯人看似入住旅舍，實則將贓物轉手給了同黨。那她就再也沒有後顧之憂了。"玉瓊挑了挑眉，俏皮地說。

　　程慈航點了點頭，又搖了搖頭："是，也不全是。竊犯確實意圖誤導警方，聲東擊西來消滅足印。看三家公館的現場和吳公館楊媽的證詞，再加上今天下午竊犯調動頻繁，都證明這個女賊是黑道中出類拔萃的高手。我們不能以一般竊案來判斷。她穩健狡詐、步步有計，使警方無法順利跟蹤。'大來'是三等旅社，與她做派和出手並不相稱。另外，像她這樣小心翼翼地行動，可以斷定她是'獨腳盜'，不會有同夥。你設想一下，假如在贓物得手後，同夥喬裝為三輪車夫，載走竊犯和贓物，豈不更加安全？我推斷這是一個"金蟬脫殼"之計。大來旅社的後門，一定有一條小巷可以通往金城銀行的後門，順這條路線，她把提箱送到金城銀行保險庫去寄存。因為那個箱子裏的東西是她的全部贓物，把它寄存了，她就卸去了她的全部罪證。她委託銀行保險處保存之後，順原路再從大來旅社出來，這樣就瞞過了司機。好一個深謀遠慮、步步設防，想必她是黑道中經驗老練的慣犯。

"對！科座的推理精到，條條在理，她的行動彷彿都早已被你看到一樣，真是佩服！"玉瓊驚嘆地說。對於陳科長，楊玉瓊是由衷佩服並芳心暗許。眼前這位英姿颯爽的男子，猶如希臘神話中的太陽神。他是那麼正氣浩然、那麼聰明機警，似乎沒有事情可以瞞過他睿智的眼睛。自從在警局碰到了他，楊玉瓊的心裏、眼裏就只有程慈航，她喜歡圍着他轉個不停。對，他就是她的太陽。

"好戲還在後頭呢! 玉瓊，現在要看你的表演囉!"

"保證完成任務!"

"任務緊急，時間短促，速度愈快愈好。"不等對方表態，程慈航繼續下達命令："你馬上換上全套警官制服，佩上一條柱、四顆星的肩章，帶上特別工作證，再配一個全副武裝的警員跟着你，要神氣一點。然後坐一輛三輪摩托卡，去找金城銀行保險組找出相關證據。此事極為重要，我相信你會辦得很好。時間緊急，速戰速決！"

"遵命。"話音剛落，楊玉瓊已經快步走出門口。

楊玉瓊走後，程慈航馬上開始佈置第二步工作。相隔還不到一小時，楊玉瓊就回來了，她全套警官裝扮，英姿煥發地站在程慈航桌前："報告科座！一切按指示辦妥。那隻皮箱的確在金城銀行托保寄存。保價以黃金計算為一百五十兩，限期一個月，保險費為五錢金子。是用不計件的保險形式，沒有開箱清點，雙方當面用各種封條火印鈐封。所以不曉得裏面放什麼東西。"她的聲音清脆流利，報告簡單扼要。說着，她從筆記簿裏拿出一張單據遞給程慈航："這就是金城銀行保險提貨單的樣本，它像一張鈔票，刻印得非常精緻，很難偽製的。"

程慈航非常高興，馬上站起來：“幹得漂亮！真想不到你任務完成得這麼迅速。”

“能夠和科座一起工作，實在是莫大的幸福。”玉瓊意味深長地看了程慈航一眼。

“辛苦啦！你真是我的得力助手。”程慈航不假思索地脫口而出，抬頭一看，楊玉瓊的臉上飛紅一片。

晚上八點四十分，秦淮飯店臨時聯絡站來了電話：“報告科座，‘兔子’一直呆在‘窩’裏，除到餐廳進過晚餐之外，始終沒有其他活動。”

“好，繼續密切注視，我們馬上開始行動！”

第七章　逼蛇出洞

　　秦淮飯店二樓特等四十四號房間門口響起了敲門聲，"咚咚！咚咚咚咚！"聲音猛烈而急促，一陣緊接着一陣。這間特等套間，房後面是臥房，前面是客廳。房裏的女郎，一聽見有人敲門，警戒地站了起來，一個健步串到門口，耳朵貼着門。"咚咚！咚咚咚咚！"，催魂的"咚咚"聲，使她心驚膽跳，這是山雨欲來風滿樓的前奏。今天中午，她在吳公館臥室裏亮了相，由於她的機警和沉着，僥幸地渡過了險關。她原打算盡快離開南京，回到自己揚州老家。但因那個關係她一生命運的約會，只好硬着頭皮留了下來。以防萬一，下午她又費盡心機，頻繁調動旅館。然而道高一尺，魔高一丈，他們還是找上門來了。她沉吟了片刻，拉了拉衣服，用手梳理了一下頭髮，鎮定地上前開門。

　　門外通道亮着昏黃的燈，三個不速之客站在門口。兩男一女。男的身材高大，裝扮相同：都穿着天青色馬爾登呢的中山裝，腳上也是一模一樣的尖頭皮鞋，外罩天青色呢大衣。大衣的領子豎得很高，把頸部和耳朵都遮住。頭戴一頂咖啡色的禮帽，前面的帽檐壓得很低，只能隱約看到隱藏在帽檐底下陰森的眼睛。女的身段高挑，穿着墨綠色的羽綢旗袍，外罩一件銀灰色海虎絨大衣。兩隻手藏在海虎絨套手裏面。頭髮蓬亂，低着頭，看不清面貌。不等主人發話，兩個男的推了女的一下，三人已經闖進房間。

　　年輕一點的男人，兩眼直盯住李麗蘭，惡狠狠地問道："你叫李麗蘭吧？"

　　"你們是什麼人？為什麼闖進我的房

間?”李麗蘭冷眼掃視了一下三人，緩緩發問。

　　一張名片遞了過去。名片左上方寫着："首都警廳刑事警官"，中間三個字："嚴中虎"。李麗蘭掃了一眼，拿在手上當扇子搧了起來。

　　嚴中虎一臉嚴肅，開門見山說明來意："李麗蘭，我們今天到這裏來，不為別的事情，有一起盜竊案件牽連到你的身上來。據稱你還是這個集團的'舵把子'，所以我把你的同夥帶來，跟你照一照面。"說着他回過頭，順手把那個女的套手拿開。李麗蘭看見這女人手腕上戴着一副發亮的柯羅米手銬。

　　"她是你的'舵把子'嗎？"

女的慢慢地抬起頭來，她看起來只有二十來歲，瘦瘦黃黃的臉上兩條皺起的雙眉，眼袋發青。顫抖着答道：“是。”她的眼睛不敢正視李麗蘭，好像覺得對不起她。

李麗蘭瞥了一眼，心中暗道：來者不善。可是這麼拙劣的裝扮是要騙誰呢？師父常說警探來來去去就幾板斧，看來這就是所謂的“逼蛇出洞”了。他們現在正等我露出馬腳呢。敵在明，我在暗。哼！我先假裝被冤枉，看能不能把他們騙走。想到這，李麗蘭輕聲柔柔，又裝作很害怕的樣子：“幾位警察大哥，你們一定搞錯了。你們看看，我這麼一個弱小女子。怎麼會幹違法違紀的事情呢？”

正如李麗蘭所想，今天所演的這出

"戲"名為"逼蛇出洞"，乃警方三十六計之一。此"戲"的目的不在於逼使罪犯承認罪行，而是為他們帶來心理壓力，從而在言語交鋒中尋求破綻。嚴中虎見李麗蘭在這裝瘋賣傻，板着臉："我們只是奉命行事。既然你被指控，那麻煩你跟我們回一趟局子了。"

李麗蘭"哼！哼！"兩聲，道："真是滑稽！我一個良家婦女，手無縛雞之力，平日安分守己、兢兢業業，憑什麼只聽這傢夥的片面之言，就要跟你們進局子。"她指着犯人，淚汪汪的，紅着眼大喊道："我不認識她。她陷害我！我是冤枉的！"

"李麗蘭，別敬酒不吃吃罰酒！"嚴中虎沉着臉。

李麗蘭瞄一眼黑大個，見他板着臉殺氣外露，就知道這事不能善了。她思索道：騙不到他們嗎？要不我作硬姿態和他們對抗，看看他們如何反應。

"敬酒不吃吃罰酒？誰有興趣和你們喝酒？你們半夜三更，無憑無據闖入民宅。打開天窗說亮話吧，你們究竟要幹什麼？"李麗蘭的態度也生硬起來。

"請跟我走！"

"走？我為什麼要和你走？你有逮捕證嗎？"

"李麗蘭，我們先禮後兵。你現在只是配合調查，目前不用逮捕證。假使你一定要的話，那還不容易？一個電話，馬上就簽一張來。到那個時候，就不是這樣了。你要曉得，逮捕證之下要搭配一副手銬，這是法律上的規定。"嚴警官提高嗓音，掏出一副柯羅米手銬。

"開口法律，閉口法律，難道無中生有，誣良為盜，這就是你們的法律嗎？我問你，假如事情弄個水落石出的時候，事實證明我是被冤枉的。那時，這個責任該誰來負呢？"李麗蘭抓着手上嚴警官的名片，向他抖了兩抖，正顏屬色地說，"你們搞搞清楚，不要看錯了人，不要低估我的身份！告訴你，我能讓你們吃不了兜着走！"

"李小姐，李小姐，你不要生氣，你想想看，有一個贓證俱全的竊犯，她供出你是她的同夥，對警方來說，當然要搞個水落石出，請你去局裏配合調查，查個明白，這也是我們警察必須做的。爲了維護治安，你要協助我們呀。這樣也能還你個清白。你看，我們今天的態度有點生硬，讓你生氣了。不過，這個案情非請你幫忙不可。"年長的男警官一邊爲李麗蘭找了個台階，一邊朝嚴中虎使了個眼色。

　　李麗蘭心想：又是唱紅臉，又是唱白臉，看來他們這次的行動是志在必得。猛虎鬥不過地頭蛇，再糾纏下去也沒法騙走他們。而且，他們出此下策也代表着還沒找到足夠的證據指證我。敵在明，我在暗。與其作硬姿態和他們對抗，不如暫時順從他們，他們在二十四小時內找不到證據，就只能把我放了。先陪他們走一趟，反正自己早有準備，他們斷斷是找不到的。只要找不到提貨單，自己也是處於不敗之地。既然這傢夥給我個台階，我也只能見風轉舵。想到此，她緩了緩口氣說："那我還好說什麼呢？只能配合你們調查一下了，不過我這裏的房間和行李怎麼辦呢？"

"李小姐，這沒關係，行李放在這裏，房間不要退，事情一弄明白，馬上就送你回來，放在這裏的東西，他們不敢動絲毫。"年長的警官又用徵求的語氣說道："李小姐，你看如何？"

不如暫時順從他們，他們找不到證據就只能把我放了。李麗蘭倏地站起來，決然地說："那就走吧！"

第八章　百寶箱子

　　李麗蘭被帶走後不久，程慈航帶領楊玉瓊等五人穿着便衣，來到秦淮飯店經理室。劉經理穿着一套青呢嗶嘰西裝，點頭哈腰，唯唯諾諾，絲毫不敢怠慢。警官們在劉經理的陪同下，來到二樓四十四號房間。劉經理打開門，拉亮燈後就識趣地退了出去。

　　警官們關上門，從客廳走進臥室。臥室很寬敞，朝南是一排大玻璃窗，白色抽紗窗簾半掩着，牆壁刷成米黃色，頂棚中央嵌着葵花燈，地面鋪着織有牡丹圖案的翡翠色地毯，整套玫瑰紅的沙發在燈光照射下色彩更加明艷。淡黃色的桃木寫字枱上放着美式十七燈收音機和花瓶式的桌燈，床前安着電話機，床頭裝着球形鍍金燈罩的床燈。床上鋪着雪白的床單，潔白的被子翻起一角，白枕頭上留下一個陷窩窩。

程慈航掃了房間一眼，便徑直打開壁櫥的門，只見三隻一式一樣的牛皮大提箱擺在階梯形的櫥架上。要開這樣的皮箱，必須打開四道鎖，除了當中和兩旁三個鎖外，中央皮帶接洽處又加一道鎖。警員們手腳俐落，用特製的鎖匙，片刻工夫，李麗蘭的三個大提箱全部被打開了。只見箱內東西折疊安放得井井有條，可見此人之精細、幹練。

程慈航親自逐個檢查，箱子裏面有四疊美鈔，兩捆英鎊，一束國幣。有不同時款大衣四件，時髦短氅五件。各色絲綢旗袍十一件，嗶嘰西裝褲子七條，綢面絲棉短襖二件，鵝絨細絨毛衣、毛裙、毛背心各三件，毛褲二條，其他各式絲綢內衣、內褲、長短玻璃襪、時式皮鞋、珠屐等，數量可觀。箱內還有許多化妝品，巴黎的香水、香精，馬賽的香球、香粉，日本的髮水、髮

蠟，美國的唇膏，英國的粉蜜蔻丹，瑞典的
雪霜，保加利亞的玫瑰油，三S牌面油，蛾
眉牌黛筆，琳琅滿目，全是舶來品。三個箱
子裝得密密實實，宛如富家小姐的嫁妝，警

員們看了不禁心中嘖嘖稱羨。但是程慈航卻愈看愈失望，他本期望能夠在箱內找到一張鈔票式的銀行保險提貨單。他認真地檢查每件衣服的口袋及夾縫，結果卻一無所獲。他又搜遍房間的每個角落，除在寫字枱的抽屜裏發現一些藥棉、紗布、膠布，垃圾桶裏有扔下的檸檬皮和一些食物殘渣及其碎屑外，並無可疑跡象。

　　楊玉瓊發現程慈航的目光，一直若有所思停留在藥棉紗布處，悄悄對他說：「那樣重要的東西，不會放在箱子和抽屜裏，肯定帶在身上。」說着就睇了程慈航一眼，四目相對，兩人發出會心地微笑。此時的程慈航心中醞釀出一個新的計劃。他吩咐楊玉瓊從箱內選出一套李麗蘭的裏外衣褲帶回警局，命令隨從人員把東西按原來樣子排列整理妥當，鎖好箱子，放回原處。

第九章　赤裸的玉雕

　　回到警察局，勤務員周淩為程慈航泡上一杯龍井茶。這時，嚴中虎警官滿臉懊惱地走進來。

　　"審訊結果怎麼樣？"程慈航問。

　　"失敗了！"

　　這自然在程慈航的意料之中，嚴中虎雖為人聰慧，但過於急功近利。審問一事如同細水長流，誰耐不住性子，誰就落了下風。他知道嚴警官絕非這個女賊的對手，所以也不怎麼緊張。程慈航拍了拍旁邊的長沙發："坐吧！"，兩人相向坐下。

　　剛坐定，嚴警官就破口大罵："他媽的，這個女人刁狡潑辣得很！審訊的時候，她無動於衷，不但絲毫不肯承認罪行，還伶牙俐齒，句句反唇相譏。什麼要我們遵照法律程序，什麼要我們保障人身自由，什麼要我們拿出犯罪證據，否則要負一切後果。最可惡的是在這緊張的審訊之時，她竟哼起"四郎探母"，還悠閒地用腳尖打拍子。看見這傢夥顧盼自若、目中無人的樣子，氣得我頭上冒煙，真想上去甩她幾巴掌！"嚴中虎越說越氣，站起身，對着空氣甩了幾個巴掌："科座，要不我們把楊媽叫到場吧！只要一個照面，保證讓這傢夥沒法繼續囂張下去，只能服法認罪。"

程慈航笑起來："沒那麼簡單。這女人是錦綫高手，對情勢掌握得清清楚楚，她知道我們要人證物證俱全才能指控她，只要一日沒找到贓物，我們就拿她沒辦法，所以她才如此囂張跋扈。"

　　李麗蘭獨自一個坐在特設的候審室裏，她像剛從火線下來的戰勝者，嘴角隱露着驕傲的笑容。她想起被審訊的情景，那一幫警員，自以為擺出一副惡狠狠的姿態就能把自己嚇到，乖乖承認自己犯下的一切事情，卻不知這正正暴露他們缺乏控告自己的證據，她自然不會放過這個洩憤的機會，對他們冷嘲熱諷一番。當時她“舌戰群儒”如摧枯拉朽，泄盡了胸中的憤恨。正當她沉醉於報復的快意之中，忽又自言自語道：“不對，不對，我不能高興得太早！”她意識到，對方的“王牌”始終沒有出現，剛才所接觸的只是先頭部隊，一場狡獪的包圍戰也許在暗中策劃進行，絕對不能麻痹大意。

　　正在這個時候，“呼”的一聲，候審室的房門開了。楊玉瓊帶着兩個女警員，捧着李麗蘭的衣服，笑盈盈地走近李麗蘭，客氣地說：“李小姐，請你換衣服。”

李麗蘭看到自己的衣服，她意識到四十四號房間已經被他們搜查過了，對方第二步計劃正準備上演。“要我換衣服，這是什麼意思？”她鎮靜地問道。

楊玉瓊依然面帶微笑：“根據規定，進入休息室（看守室）的衣物均需消毒。這是你的衣服，已經全部消毒過。請你盡快換上。”

想不到進看守室還要消毒衣物，簡直是前所未聞。我在外遊歷多年未曾聽過此等奇事，這次倒也是開了眼界。李麗蘭冷冷地諷刺道：“其實何必假惺惺？我都被你們押到這裏了，要殺要剮任由你們，反

正這裏毫無法律可言。你們的上級無非要看我身上有沒有藏東西。好吧，大家都是女人，我也沒有什麼可害羞的。我就在這裏把所有的衣服換給你，行嗎？你們滿意嗎？要不，你們幫我換？"

李麗蘭一邊說着，一邊把衣褲一件件脫下來。赤裸裸晶瑩雪白的玉體，如粉妝玉雕，身段玲瓏有致、肥臀豐乳，把楊玉瓊她們六隻眼睛都吸引住了。雖說她們也是女性，卻也神魂顛倒。同為女性，這女人的身材也實在太好了。當李麗蘭最後脫卻桃紅緊身全絲汗衫的時候，她秋波微斂，面頰飛紅，嬌羞地轉了一個身，馬上把新的衣服一件件穿上，這近乎賣弄風騷的一轉，像那出色的魔術師變戲法一樣，使程慈航的希望一轉而空。

第十章 秘密藏在……

李麗蘭換下的衣服堆放在程慈航的辦公桌上，幾個人在上面東抓西捏，期盼找到哪怕是一丁點的犯罪證據，但最後只在外衣口袋裏找到一小串鎖匙和幾張鈔票。

"她身上沒有藏任何東西。衣物內找不到提貨單。箱子裏我們也反復確認沒有暗格。科座……你……你確定李麗蘭一定是竊賊嗎？"一位女警員看了程慈航一眼，又低下頭，看着衣服遲疑地說道。

"種種的綫索都指向李麗蘭，我們不能單單因爲找不到提貨單而放棄調查她。你想想看，此提貨單對李麗蘭來說，就是這次盜竊的全部收穫。沒有提貨單，她就沒法把財物從銀行裏拿出來，這趟盜竊也就白忙了。李麗蘭生性謹慎，一路上她小心翼翼，不斷隱藏行蹤。如此謹慎之人自然是不可能將身上最貴重的物件隨處放置或是假手於人。
她肯定也猜到警察會窮追不捨，她更加不會
藏在一個固定的地點。但在哪裏呢？旅館之
內？不可能，她行李收拾得整整齊齊，意味
着她準備隨時離開，貴重物品自然也不會藏
於旅館之內。衣服和行李都被我們搜得乾乾
淨淨，自然也是不可能的。那只有身上了。
對，那東西肯定就在她身上。"

　　程慈航沉思了片刻，問道："玉瓊，你
們把搜身的過程說一遍。你們分別站在什麼
位置？能清晰看見李麗蘭嗎？"

　　"我們三人站在門口，李麗蘭站在放置
衣服的桌子旁邊。能清晰看見李麗蘭"楊玉
瓊回答。

　　程慈航暗暗思索，三人能清晰看見前方

的動作，但李麗蘭的另一面因角度關係就會看不清晰：「你們真的都看清楚了嗎？」

「她脫剩內衣褲後，我們三人就盯着她。她先把內褲脫了，再脫內衣，最後再穿上內衣，全身光溜溜的，也沒發現什麼。」

「等等，你說她脫得乾乾淨淨，再穿衣服？」

「對呀，她先穿上內衣和秋衣，再穿的內褲。科座，這有什麼可疑的嗎？」

李麗蘭房間的一幕幕在腦海裏閃現：抽屜裏的藥棉、紗布，垃圾桶裏的膠布：「李麗蘭是正面、側面還是反面對着你們？」程慈航似乎想到了什麼。

那名女警道："好像……科座，她好像是側身對着我們的。科座，我們錯過了什麼嗎？"

"你們想想看，我們少有赤身裸體的時候，何況是這種場合。正常人更衣的時候自然是脫下短褲，就馬上換上新的，又或是先脫汗衫，馬上穿上另一件汗衫。而李麗蘭是先脫短褲，再脫汗衫和秋衣，使自己下體長時間赤裸裸地暴露在眾目睽睽之下。她最後在脫汗衫時側身面向你們，這是因為羞赧嗎？不是，如果感到害羞，她為什麼不馬上穿上內褲，反而先穿汗衫，再穿秋衣，而後才慢慢着短褲？這自然不合理。"程慈航越說語速也就跟着加快。

"她先脫下褲子就是為了轉移你們的注意力，無論你們是選擇直視還是避而不視，她都成功把你們的注意力從上半身轉移了。而你們三人站在同一角度，當她側身更換內衣的時候，你們自然看不見另外一邊了。"

程慈航接着又說："記得她房間的藥棉紗布嗎？想必她是把銀行保險提貨單折成小方塊，夾在藥棉紗布中，用膠布粘住，貼在腋下，緊靠胳肢窩的地方。厲害！厲害！好一招暗渡陳倉！"程慈航順手打了個響指。

眾人面面相覷，不禁暗自佩服。

"橐橐橐橐……"一陣腳步聲急速由遠至近，直到門口。

"報告!"

"請進"

　　"程科長，'飛賊案'那裏出麻煩了，局長讓你馬上去一次。"

　　"好，就去。"程慈航回頭看着站在一邊的嚴中虎："你經驗豐富，在我回來前，公館失竊案暫由你跟進，務必在李麗蘭身上取得提貨單。"他又轉頭看了一眼三名局促不安，正在自慚識別能力不夠的女警："我的推理，你們幾人查證一下。對方是老練的江湖大盜，你們一時被蒙蔽只是經驗尚淺，不要氣餒。"

　　說完就跟着男警走了。

　　"那我們馬上進去，立刻逼她拿出來！"一個女警員惡狠狠地說。"都怪我當時被她風騷的姿態所迷惑，一時疏忽，被蒙混過去，我跟你去。"另一女警也跟着說。

　　"不！不是現在！"嚴中虎蔑蔑嘴說："我自然不會放過她，但我們現在還不能這樣幹。法院那幫老東西腦子糊塗得很，幾次我們把人抓到了，他們卻說什麼狗屁證據不足！有多少次是人抓到，但又被放呢？昨天的'抄把子'和審問都沒能引出那個李麗蘭露出馬腳，我們現在什麼證據都沒有。就算找到提貨單，瞧她昨天能言善道的，假如她知道我們拿到提貨單的話，自然會小心翼翼的作供，說不定還讓她圓了謊。哈，李麗蘭現在估計正驕傲着，大概認為我們這批酒囊飯桶已經束手無策了。我可不是心慈手軟的程慈航。明天我們還會審問她一次，他媽的，必須抓到她的小辮子，把這妖女鎖在牢房裏。"

　　"你在她的晚餐裏放適量的安眠藥。我們審問了她整個下午，估計她已經又餓又困了，她雖然有戒心，但不可能避而不食。"
嚴中虎向一個女警示意，又轉過頭，吩咐另
一個女警："你們待會去化驗室裏拿一瓶高
羅芳。等到十二點至凌晨一點的時候，在確
保李麗蘭熟睡後，進她房間，把高羅芳滴在
毛巾上，放在她鼻子上讓她聞一分鐘。等她
人事不省後，解開她的衣服，從她腋下、撕
下膠布，取出真的銀行保險提貨單，換上假
的。她早上醒來時就不會感到絲毫異樣，我
們也能拿到證據了。我不想，也不要見到任
何意外。知道了嗎？"

"遵命！"

嚴中虎得意地笑了，玉瓊這次一定會對
我另眼相看了吧？他回過頭看了她一眼。

文字密碼

楊媽躲藏在公館眾僕人之中，請根據以下描述，幫助程科長找出楊媽。

> 最後走進來的是一位五十多歲的女傭人楊媽，她腦後挽一個大髻，身穿月白鑲邊連襟衣裳，下着嗶嘰青褲子，曾經纏過的足上穿一雙黑色便鞋。

文字密碼

根據以下文字的描述，請為右圖三人的衣服畫上顏色，幫助神探迅速破案。

門外通道亮着昏黃的燈，三個不速之客站在門口。兩男一女。男的身材高大，裝扮相同：都穿着天青色馬爾登呢的中山裝，腳上也是一模一樣的尖頭皮鞋，外罩天青色呢大衣。大衣的領子豎得很高，把頸部和耳朵都遮住。頭戴一頂咖啡色的禮帽，前面的帽檐壓得很低，只能隱約看到隱藏在帽檐底下陰森的眼睛。女的身材高挑，穿着墨綠色的羽綢旗袍，外罩一件銀灰色海虎絨大衣。兩隻手藏在海虎絨套手裏面。頭髮蓬亂，低着頭，看不清面貌。不等主人發話，兩個男的推了女的一下，三人已經闖進房間。

文字密碼

人物描寫的方法一般有外貌描寫、心理描寫、動作描寫、語言描寫，以下介紹**外貌描寫**也稱**肖像描寫**：

——通過描寫人物的外形特徵，例如人物的容貌、神情、身材、姿態及服飾等，揭示人物的內心世界。

——外貌描寫中面部表情和眼神尤為重要，它最能反映人物的思想感情。

——外貌描寫不是什麼都寫，而是抓住人物特點，根據作品主題及人物性格特徵，給予不同的側重點，有時更需要融合人物內在的性格作簡單的描繪。

以下描寫，一位清純可人，活潑有朝氣，充滿積極正能量的女警形象躍然紙上。請你也試着寫一位你熟悉的人，讓大家猜猜你在寫誰？

　　走廊上傳來了"咯噔、咯噔"清脆的皮鞋聲。一個矯健的倩影，翩若驚鴻，出現在程慈航面前。那摩登的闊領細腰米黃色細呢短氅，配着墨綠色帶有條紋的嗶嘰褲，半高跟皮鞋，更顯得她嬌俏健美。俊秀而紅潤的臉上閃着少女的光彩。她燙着波浪捲髮，長睫毛底下藏着一雙水汪汪的眼睛。"科座，有何指示？"楊玉瓊筆直地站着，笑容可掬。

文字密碼

　　景物描寫的方法一般有定點/動點描寫、步移法、隨時推移法、多角度描寫、感官描寫、動態/靜態描寫，以下介紹**定點描寫**：

　　——從一固定的觀察點，將所看到的景物（可以是一個或多個）按一定順序如由遠及近、由高及低描寫出來。

　　——運用這種方法的好處在於描寫層次清楚，鮮明逼真，給人以如臨其境的感覺。

　　以下描寫，不僅讓讀者彷彿置身於一間高級酒店的豪華套房內，也對神探的判斷做了呼應。請你也試着描寫一下你家的客廳，讓大家一起參觀一下吧！

　　警官們關上門，從客廳走進臥室。臥室很寬敞，朝南是一排大玻璃窗，白色抽紗窗簾半掩着，牆壁刷成米黃色，頂棚中央嵌着葵花燈，地面鋪着織有牡丹圖案的翡翠色地毯，整套玫瑰紅的沙發在燈光照射下色彩更加明艷。淡黃色的桃木寫字枱上放着美式十七燈收音機和花瓶式的桌燈，床前安着電話機，床頭裝着球形鍍金燈罩的床燈。床上鋪着雪白的床單，潔白的被子翻起一角，白枕頭上留下一個陷窩窩。

推理事件簿

　　李麗蘭正在出逃，請聽從程慈航科長的指揮，協助警探追捕逃犯。

　　1　以珠江飯店爲起步點。

　　2　使用間尺對照地圖上的尺寸。

　　3　以起步點爲圓心，李麗蘭出逃的最大距離爲半徑，畫出李麗蘭藏身所在的區域。

　　"時間已經過去兩個小時了，現在我們以珠江飯店　　爲起步點，以每小時車速30公里計算。就可以推算出'新窩'在哪個活動範圍內。"

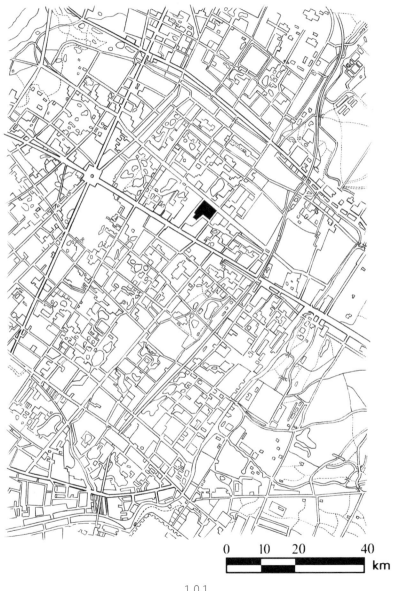

神探指南

　　這本神探指南已經殘缺不齊，有些部分已經破損。請運用字典，為指南填補殘缺。

栩栩如生

拼音：xǔ xǔ rú shēng

解釋：好像活的一樣。形容生動，逼真

近義詞：活靈活現、活龍活現、
　　　　繪聲繪色、維妙維肖、
　　　　躍然紙上

反義詞：泥塑木刻、死氣沉沉

原文：壁上懸掛一幅半裸體美人的西
　　　洋油畫，神態優美，栩栩如
　　　生。

蕭瑟

拼音：xiāo sè

解釋：草木被秋風吹襲的聲音或寂寞
　　　淒涼

同義詞：冷落 荒涼 蕭索 蕭條

反義詞：繁榮 繁華

原文：秋風蕭瑟，落葉飛舞，像一隻
　　　隻蝴蝶在空中旋轉。

唯唯諾諾

拼音：wéi wéi nuò nuò

解釋：表示同意的應答聲

近義詞：俯首貼耳、唯命是聽、
　　　　唯命是從

反義詞：不卑不亢、強頭倔腦

原文：劉經理穿着一套青呢嗶嘰西裝，
　　　點頭哈腰，唯唯諾諾，絲毫不
　　　敢怠慢。

金蟬脫殼

拼音：jīn chán tuō qiào

解釋：比喻巧妙地脫身逃遁,使對方不
　　　能及時發覺

近義詞：＿＿＿＿＿＿＿＿＿＿＿

反義詞：＿＿＿＿＿＿＿＿＿＿＿

原文：我推斷這是一個"金蟬脫殼"
　　　之計。

翩若驚鴻

拼音：piān ruò jīng hóng

解釋：形容姿態優美矯捷,猶如驚起
　　　的鴻雁。用以形容女子的體態
　　　輕盈。

近義詞：＿＿＿＿＿＿＿＿＿＿＿

反義詞：＿＿＿＿＿＿＿＿＿＿＿

原文：一個矯健的倩影,翩若驚鴻,
出現在程慈航面前。

烏煙瘴氣

拼音：wū yān zhàng qì

解釋：比喻空氣污濁、秩序混亂或社
會黑暗、風氣不正

近義詞：＿＿＿＿＿＿＿＿＿＿＿

反義詞：＿＿＿＿＿＿＿＿＿＿＿

原文：三等旅館魚龍混雜、烏煙瘴氣，
住在這些地方並不安全。

山雨欲來風滿樓

拼音：shān yǔ yù lái fēng mǎn lóu

解釋：作為成語使用，比喻一件重大的
事情發生之前，必先有一種強烈
的氣氛。比喻事件發生前的徵
兆或氣氛。

原文："咚咚！咚咚咚咚！"，催魂
的"咚咚"聲，使她心驚膽跳，
這是山雨欲來風滿樓的前奏。

道高一尺，魔高一丈

拼音：dào gāo yī chǐ, mó gāo yī zhàng

解釋：道: 正氣。魔: 邪氣。本是佛家告誡信徒勿受外界誘惑之語。意謂正氣難以修得，而邪氣卻容易高過正氣，後比喻為正義而奮鬥，必定會受到反動勢力的巨大壓力。也比喻有了成就以後，困難會更多。又比喻新事物興起，不久又會有更新的超出其上。

原文：然而道高一尺，魔高一丈，他們還是找上門來了。

見風轉舵

拼音：jiàn fēng zhuǎn duò

解釋：比喻隨機應變，視情況而行動。

近義詞：看風使舵、見機行事、趁風揚帆

反義詞：

原文：既然這傢夥給我個台階，我也只能見風轉舵。

囂張

拼音：xiāo zhāng

解釋：邪惡的勢力、不良的風氣增長；放肆

近義詞：跋扈、猖獗、猖獗

反義詞：謙抑、沉默

原文：只要一日沒找到贓物，我們就拿她沒辦法，所以她才如此囂張跋扈。

跋扈

拼音：bá hù

解釋：專橫暴戾

同義詞：猖狂 猖獗 放肆

近義詞：謙讓

原文：只要一日沒找到贓物，我們就拿她沒辦法，所以她才如此囂張跋扈。

暗渡陳倉

拼音：àn dù chén cāng

解釋：比喻用造假像的手段來達到某種目的。

同義詞：暗度陳倉

反義詞：明目張膽

原文：厲害！厲害！好一招暗渡陳倉！

鱗次櫛比

拼音：lín cì zhì bǐ

解釋：如同魚鱗和梳齒那樣相次排列。用以形容建築物多而集中。

同義詞：密密麻麻 密密層層

反義詞：參差不齊 雜亂無章

原文：一時間，此處花園洋房，鱗次櫛比。

機密檔案庫

南京警廳四區警察局絕密資料檔案：

1925 年，國民政府於廣州建立。

1926 年國民政府發動國民革命軍北伐後，於1927 年2 月21 日北遷武漢。

1927 年3 月國民政府改遷南京，成立南京國民政府；並於隔年開始在南京設立中央各政府部門，建立起完整的政府文官體制。

國民黨定都南京之後，在此大興土

木。南京警廳四區警察局所管轄的地區，
幾乎佔南京城的三分之一。這個地區環境
幽美恬靜，中央五院十部和外國大使館幾
乎都設在這裏。大官員也趁機佔地蓋屋，
方圓五六裏成了公館區。當地的豪紳官商
也跟着攀龍附鳳，競相興建樓宇。還有着
名的中央大學、金陵大學、東方語言學
院、音樂學院等高等學府也都設在這裏。
一時間，此處花園洋房，鱗次櫛比。

機密檔案庫

《民國神探》富有奇巧的創意

陳娟

　　《民國神探》是根據我的長篇小說《曇花夢》改編的青少年兒童偵探叢書。《曇花夢》題材來自我父親陳可友的經歷。抗日時期，我父親投筆從戎，考入中美警官學校。畢業後被派往南京首都員警廳任刑事科科長，專責盜竊案、桃色命案等。他親手破獲二十多個巨案、奇案，包括美國特使馬歇爾汽車被竊案，而名噪大江南北，位列民國時代十大探長之首，被稱為"中國福爾摩斯"。小說主人公程慈航就是以我父親為原型。父親愛講故事，一個個案件，我都反復聽過，印象極深。這些情節都是《曇花夢》小說的雛型，也是《民國神探》與眾不同的獨家素材。

我於1964在福建師範大學中文系畢業後，教學任務繁重，運動頻繁，想寫都不可能。不久，"文革"開始了，我覺得自己是出身官僚家庭的"臭老九"，還是安分守己的好。那時我風華正茂，精力充沛，不想白白浪費大好時光，除鑽研"一支針一把草"外，心裏一直構思破案的小說情節內容。當時國內除了幾部"樣板戲"之外，很多作品都列為封資修受到批判。但縱觀歷史，萬馬齊瘖之後，一定會出現"文藝復興"，我們應迎接機遇的到來，不然到時空空如也，望洋興嘆。我竟冒天下之大不韙，1972年，下定決心，提心吊膽下筆著書。

在國內斷斷續續寫了三十多萬字草稿，1981年我來港定居，原以為以國民黨警官為主角的《曇花夢》只能在香港出版。恰遇八十年代國內革改開放，北京法律出版社向我約稿。我又潤色、增補到五十二萬字。1984年，首次在開放的視窗《深圳特區報》〈羅湖橋〉連載兩年，風行神州。接著被公安部《啄木鳥》、北京《博覽群書》等全國數十家報刊連載轉載。1985年由北京法律出版社正式出版，1987年由香港上海書局出版，1988年由台灣傳統書局出版，其後還有北京友誼出版社再版。1992年還由新疆人民出版社翻譯成維吾爾文隆重推出。該書出版總量超逾一百萬套〈上下冊〉。2015年北京文苑出版社又再版。內容更改編成上海評彈、福州評話和連環畫圖書，轟動海內外。1988年上海電視台和黃山電視台聯合拍成十一集電視連續劇。2014年10月又由浙江晟喜華視文化傳媒有限公司在橫店影視城又開拍44集電視連續劇，2015年由北京影視台首播，現仍在全國各地區輪流熱播中。

感謝人文出版社青睞，把《曇花夢》改編成青少年兒童偵探叢書《民國神探》，資深編輯團隊結合閱讀和教學，對《曇花夢》奇巧再創作，開拓青少年睿智新領域，意義深遠。我祝《民國神探》叢書火爆風行。

2019年3月28日於香港

機密檔案庫

《民國神探》開拓青少年兒童文學新領域

張詩劍

　　香港人文出版社把陳娟《曇花夢》改編成青少年兒童偵探叢書《民國神探》真是慧眼獨到。《曇花夢》是一部偵探與言情相結合的寫實小說，它跟外國的一些偵探小說寫法不同，後者偏重於案件的偵破過程，比較注重案情的推理。《曇花夢》以破案為主線，談情為副線，穿插進行，在書中融入大量的關於偵探學知識，故事的推進不單為破案而寫，並試圖在故事中注入動人的文藝色彩，給讀者更多美感和人生哲理，強調人物形象、性格和人性的描寫，脫出一般偵探小說的窠臼。《民國神探》在《曇花夢》的基礎上開拓青少年兒童文學新領域，啟迪青少年文思和才智。小說有緊有弛，文句精練優美、邏輯嚴密。案件曲折離奇，情節跌宕起伏，高潮疊起，扣人心弦。

北京師範大學（珠海分校）的盼耕教授認為，《曇花夢》題材對文學創作的衝擊和對當時政治審視和歷史審視的強烈衝擊都很嚴峻。它的連載和出版在改革開放之初有投石問路和風向標的意義。為民國刑偵史填補了重大空白，也彌補了那個時代政法領域中文學創作的空白。在推動文化交流之外，在政治、經濟、歷史領域也具有開拓性的貢獻。

香港文學家曾敏之曾在香港《文匯報》撰文高度評價說：“《曇花夢》不失為描寫國民黨的《官場現形記》和新的福爾摩斯偵探記，有助於認識極為重要的四十年代一段歷史的真實。”《曇花夢》在創作上別出心裁，融匯了“盜竊學”、“偵破學”的知識，以寫實和善於構思故事，以民間所喜聞樂見的民族形式出之，構成了引人入勝的境界，使全書生動、翔實而有趣，既啟迪讀者的思考，又反映歷史真相，可說是偵探小說中的佳篇。他還指出：“《曇花夢》更是用文學的表現形式把當年京滬的汙濁混亂的典型環境描寫得曲折盡致了，不僅具有文學藝術的價值，也具有歷史、社會的價值，是值得重視的作品。”

評論家張文軍在《推薦一本我看過的好書》中寫道：“小說《曇花夢》作者陳娟，

言情高於瓊瑤，如清照詞，委婉雋永；推理懸疑強過麥加，若探古跡，步步通幽。文筆清麗，如芙蕖之映綠波。"《雲花夢》別具美學的魅力，有清雅悽豔的悲劇美，複雜與深邃、陽剛與陰柔的奇妙統一及結構和語言的美學追求。

《雲花夢》好評如潮，評論家佟家桓評《雲花夢》"新奇、闊大、博雅、厚重，光照當代小說新領域"。

台灣當代民俗家婁子匡讚："《雲花夢》是包青天型的偵探小說。"

2019 年 3 月 30 日於香港

機密檔案庫

以文致敬

——《民國神探》向「中國的福爾摩斯」陳可友先生
和作家陳娟女士敬禮

李俊

　　有緣結識《曇花夢》離不開機緣巧合這四個字。今年書展那段時間，我異常忙碌。即便如此，書展還是去了。到了現在，去書展更多的是一種儀式，去支持一些朋友、了解一下信息、聽幾場講座。今年去還有一個較特別的原因是為香港文化總會做書展義工。我在義賣攤位的書堆裡看到《曇花夢》時，書只剩一套，被層層疊疊地壓在書下。在此之前，我曾在香江資訊網的一篇相關報導《深圳特區報連載小說〈曇花夢〉的勇氣和意義》中得知此書以香港女作家陳娟之父陳可友先生的親身經歷爲背景，記錄了二十多樁，發生在舊時南京、上海的驚人奇案。此書出版後曾風靡全國，並兩度在電視熒幕上大放異彩，風頭一時無兩。這樣的書，讓我總想找機會拜讀。

書展歸途，我已迫不及待翻開書頁。《曇花夢》一書的原型陳可友先生早年畢業于重慶中美刑事警官學校，後任國民黨南京警廳刑事科科長，因屢破奇案巨案，被稱爲"中國的福爾摩斯"。作爲一個職業編輯，對市場的觸覺和敏感度告訴我這套書非常適合改編成少年兒童偵探讀物，此舉即可以填補市場不足，也可讓學生讀者在閱讀中學習。我爲自己的想法興奮不已，並爲此和編輯界老前輩，北京師範大學的陳藩庚教授在微信上做了這方面的探討，得到了他的全面認可。當然，做書從來不容易，中間涉及到大量的人力和物力、時間和資源，心力腦力體力更是缺一不可。不得不說《曇花夢》確實是一本奇書，她的神奇性在於她的生命力猶如曇花般，神秘而又引人為之駐足。曇花只現有緣人，感謝人文出版社全力支持，也感謝陳娟女士全權授權，使得這個一閃而過的念頭得以落實和實現。

　　根據陳娟小說《曇花夢》改編的青少年兒童偵探叢書《民國神探》預計在2019年全面推出。《曇花夢》原著word版共364894字元，擬改編為《民國神探》之《七克拉鑽石案》、《馬歇爾失車案》、《加拿大使館失竊案》、《玄武湖沉尸案》、《秦淮歌女自殺案》、《采花蜂案》、《玉面狼案》、《參議員販毒案》、《馬太太》……（暫名）。原著部分內容將因應閱讀對象不同做技術化調整、刪改、補寫、銜接，對歷史背景做出考證和修補。結構安排上也將根據青少年兒童叢書的特性做出適當的編排。並補充和加入了大量的插圖和其他青少年兒童叢書元素，內容包括推理、刑偵、物理、文學、數學、地理等各種學習內容。同時加入大量中國元素，獨特的歷史和戰爭場景，輔助新技術和新媒介介入，並在此基礎上設立衍生性。其延伸性包括兩岸三地、海外市場的各種翻譯版本，同時涉及電影、電視、電玩、遊戲等多個領域。預計這將是一套適合青少年閱讀的，立足於中國，走向世界的中國福爾摩斯推理系列叢書。

　　《曇花夢》作為雙夢之一得到了社會的廣泛認可。以陳娟和張詩劍伉儷代表著作命名的"雙夢樓文學館"八月在福建落成開幕時，我正在奧地利維也納大學參加世界漢學研討會，演講的內容是《杜甫秋興八首中的意象和電影感》。一千二百年多年前的唐詩仍然在異國的土地上閃爍着人文的光芒，這就是文學的魅力所在。那一刻，我看着朋友傳來的信息，除了遺憾未能到場之外，也更堅信優秀的文學作品有其獨特的吸引力，猶如鑽石持久永恆。毫無疑問，對一個作者最崇高的祝福就是讓她的作品，她筆下的人物可以持續而擁有無限的生命力。曇花迷離現香江，探長神勇闖四方。《民國神探》一書是人文出版社全體同仁對"雙夢樓文學館"的獻禮。同時也期待這位"中國的福爾摩斯"可以站在世界的頂峰。以文致敬。

2018 年9 月奧地利·維也納

機密檔案庫

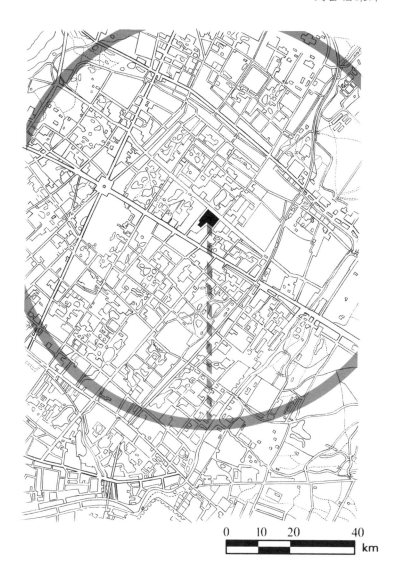

0   10   20   40
km

民國神探之公館失竊案 上

策　劃　編　著	拇指工作室
原　著　作　者	陳娟
改　　　　編	羅浩珈
插　　　　畫	陳家忠
封　面　設　計	梁士雲　羅浩珈
配　　音　版	驕陽之聲配音工作室
出　　版　版	人文出版社（香港）公司
地　　　　址	香港荃灣沙咀道362號全發商業大廈20樓2002室
電　　　郵	info@hphp.hk
出　版　查　詢	+852-35211710
傳　　　真	+852-35211101
網　　　址	http://www.hphp.hk
出　版　日　期	2019年6月
圖　書　分　類	推理懸疑
國　際　書　號	978-988-79251-1-8
承　　　印	中華商務聯合印刷（廣東）有限公司
定　　　價	港幣60 台幣260 人民幣50

發　　行　商	香港聯合書刊物流有限公司
地　　　　址	香港新界大埔汀麗路36號中華商務印刷大廈3字樓
電　　　話	852-21502100
傳　　　真	852-24073062

台　灣　總　經　銷	貿騰發賣股份有限公司
地　　　　址	新北市中和區中正路880號14樓
電　　　話	886-2-82275988
傳　　　真	886-2-82275989
網　　　址	www.namode.com